원창상 시화집

별빛언덕
복고개

국립중앙도서관 출판시도서목록(CIP)

별빛 언덕 복고개 : 星林 元昌常 詩畫集 / 원창상. -- 서울 : 한누리미디어,
2009
　p. ;　cm

ISBN 978-89-7969-357-7 03810 : ₩8000

한국 현대시[韓國 現代詩]

811.6-KDC4
895.715-DDC21　　　　　　　　　　　　　　　　　　　CIP2009004022

별빛언덕 복고개

원창상 시화집

한누리미디어

진작 열정을 보였으면 더 좋았을 걸.

그래도 다행입니다. 두 번째 시집을 상재할 수 있어 감사합니다. 물론 망설이기도 하였지만……

내친 김에 더 달려보고 싶습니다.

특별히 삽화를 그리느라고 수고한 벽해(碧海) 김송배 화백에게 정말 고맙고…….

병마를 어렵게 이기고 일어나 60돌 생일 맞는 아내에게 이 책을 선물할 수 있어 행운입니다.

해
달
별
닮은 당신의 눈으로 읽어주면 너무 행복할 것 같습니다

2009. 11. 22.

星林 오광수

차례

I _ 사노라면

원창상 시화집 별빛언덕 복고개

II _ 별빛 언덕 복고개

차례

III _ 용서하고 용서 받고

IV _ 하늘에서 하늘을 보면

I
사노라면

나도 임처럼 하여야지

찻길 접어
몇 걸음품을 들여
큰 마음 먹고 온 문 앞인데

또
밀을까
당길까
말까를 헤아려
이순이 되어 처음 앉아본
도서관
열람석
토실한 장

풀꽃 향만이나 하게
진하고 진해
머물며 임처럼 하였으면…….
하고
길게 앉으렵니다.

수중 와불

불문에 문외한 내게도
유명산 자락
얕은 계곡 우연찮게

오뚝한 콧날
가슴 위 합장하여
올린 두 손
인자한 풍채

왼발은 거두어 세우고
오른발 곧게 피고 누운
팔척 족한 와불

돌 틈 돌아
흐르는 옥수
정갈하여 확연한데

지나는 객도
이곳 머물면
그러하다 할까…….

까만 밤

귀밑머리
감아
보고 싶은 밤

별빛 부시져
두 눈에 머물어도
유난히 까만 밤

풀벌레 울음
가슴 여며
따뜻하기만 한 밤

얇은 분내 배인
사랑
여무는 10월

한 해가 저무는 날엔

성탄을 고비로
눈이 쌓이면
겨울은 제 맛을 내려 합니다

언젠가
연을 맺은 이들에게
짧은 인사마저
자린고비가 되어
동동거리는 속내는
정말
얄밉지만

그래도
풋풋한 웃음으로
새해를 맞으려 합니다

오색 약수터 앞자락에는

이름 모를 잡목들에게
몰리고 몰리다
산봉우리로 기어올라
겨우 자리한
소나무 한 그루

아직도
산자락 가득한데

어쩌다
발 디딜 틈 잃은
외톨이라도 되었나?

아냐
홀로 서기
홀로 서기
홀로 서기야

노랑 꽃다발

두 가슴 사이로
노랑 꽃다발
주고 받다
꼭 움켜 잡혀

꽃 하나 나 하나
꽃 둘 나 둘
세다 보면

프리지어처럼
노랗게
노랗게
한 색으로 물들여지겠지…….

석별

너를 보내는 아쉬움보다
새로 맞이하려는 설렘이
더 좋을 것 같은
예감도 꽤나 되어

오래 묵은
먼지 속을 들여다보다
끄집어내어 버리기도
고개 흔들며 잊어도 보며
지난날들은
새 틀에 꿰어 맞추어
달래도 될 성 싶다.

시집가는 날

두 볼
빨갛게
물들어
더 까만 눈동자

해맑은 속삭임이
넘치는 미소

늘
시집가는 날만 같게
살아주렴

휘호(揮毫)

새해 아침
먹 갈아
붓 잡고
써 보픈 자
정(淨) 그리고 동(動)

삼백 예순 다섯
틈새 나면
두 자의 어울림으로
채워도 보고
메워도 보려고

사노라면…….

먼 옛날
전설 같은
발자취
시도 때도 모르고
어루만져도 보았죠.

아귀다툼
구더기 싸움판도
끼어들기도 하였죠.

용솟음치는
젊은 힘으로
야수처럼 광야를
달려도 보았죠.

어느 날
문득 뒤돌아보면

땡감 씹은 뒷맛만 남은 것 같아
헹구고 헹구기만 하였죠.

가을 햇살로
잘 익은 연시도
꽤나 먹었으면서도

매화

노란
꽃망울
넘쳐 흐르는
향

가슴 저민
작은
물거품

발끝 아래
맴돌며
눈에 밟힌다.

때 늦은 휴가

장마 뒤
함박눈 쏟아지듯 내리는
햇살

눅눅한 화선지
바람을 담아
먹물 적시면

때 늦은 휴가
묵향으로 감싸다 보면
제 철 휴가보다 반갑다.

TV 강의

이르다기보다는
꼭두새벽
두런두런
낮도
귀도 익은 소리로
화면이 채워지면
쫑긋
눈 맞추고
따라 중얼거려 보면
싱그러운 하루는
서둘러 가득합니다.

햇살

아침
작은 문틈
새 햇살

주섬주섬
한 아름 거둬
가슴앓이 쓸어내리고
그 자리
저 햇살로
눈부시도록
새롭게 채워야지

여름휴가

장마 뒤
햇살

눈 멀리 바라만보기
못내 아쉬워

마주하려다
되돌아본 발자취

빈 칸들이 너무 많이 묻어나
되짚어 메우니

여름휴가도
따라 메워지네!

II

별빛 언덕 복고개

푸른 날갯짓

내가
속삭인 속삭임
아직도
귓가를 파랗게 적시며

가슴 안에
꼭 쥔 손
땀도 모락모락

꿈은
푸른 하늘
큰 날개로
아직도 날갯짓을 한다!

별빛 언덕 복고개

집 앞으로
작은 오솔길 하나
별빛 가득한 언덕
복고개 가는 길

나뭇잎 비집은
별빛
갈잎
떡시루 떡 켜처럼
쌓인 속에 숨고

민들레 씀바귀
다람쥐 청설모
아카시아 굴참나무
벌 나비
산새 풀벌레

소꿉 살림 같은
아주 작은
별빛 언덕 복고개
엄마 품속 같은 오솔길

해맞이

해가 저물면
작은 기쁨들도
소록하더니

가는 해
땀을 덜 흘려
손꼽을 일도 없나
맞이하는 해에
보태도 되나

망설이며 모은 손
아쉬움
바람으로 이어지는
해맞이
정말 열정이다.

여류화가

하나 거침없는
마지막 손질로
앞뜰을 화폭에 담고 있는
손 익은 붓 솜씨

넓은 밀짚모 속
어설피 보이는
짧은 머리

부러움 크게 일어
혀끝을 다셔도 본다.

아리송한 것들

뒤통수 얻어맞은 듯
떵하다

매끄럽지도 않은
일들
하나 둘
갈팡질팡

귀먹은 듯
딴청을 해가며
말도 바꾸지만

더 되뇌지고
더 되뇌진다

만남

일부러는 아니지만
한동안 잊고 살기를
망설이거나
주저하지 못하는 날

훌쩍 자란
몸과 맘

푸른 하늘로 높게
발돋움하며
살아가는 모습 보면

내일 같아
흐뭇한 웃음
꼬리를 문다

권유

권유와 설득이야
가늠하여 가를 수가 뭐 있나
언젠가
너를
권유도
설득도 하는 듯싶더니만
아니야,
나중에는
내가 설득되고
권유받는 날들로 다채롭더라고

활화산

불끈 대지로 솟구쳐 오르는
웅지
활화산의 불꽃
지에 깨달음
목마른 젊음
지금은 새벽
깊은 밤 다진 힘
누가 알까
지긋이 숨겨 되씹는
초롱초롱 눈방울에
옷을 주고야 말 상아탑 금의
오래 다듬질하여 입은 임에게
흠도 티도 없는
빛과 향내만 어울리리.

기도

다소곳이
깊어가는
당신의 기도

버들강아지 물오르듯

어느 날은
두 손을
따라도 해본다!

분화구

외투 깃을 움츠리고
거리를 나서다 말고
흐-윽 후우
흐-윽 후우
흐-윽 후 우~

참다 참다
터진 분화구
시가지는 온통
찌든 불덩어리

타악
침을 뱉고 돌아서면

하늘도
땅도
온 세상 깜깜

얼어붙어 버린
침자국
제멋대로 일그러져도

침 뱉은 빈 가슴
시원스레 맑다

국화꽃

달이 유난히 밝은 밤
하얀
노랑
떨기떨기
은빛
금빛 가을의 모정(慕情)

열다섯 해 전의
내 여인의
살내는
지금도 호수 속에서
자맥질로 연연하다

주막

산에서
내려가는 길
마음은 주막 툇마루

해걸음
술 한 잔 걸치면

어느새
장밋빛 볼

산자락 들풀
진득하니 배여
색 다른 감칠맛

내일 또 와야지
이 산길 따라

동구릉

아홉 능선 따라
자리잡은
곡담 안
문무인석
동물상 홍살문
잘 손질한 넓은 제전
위엄은 여전하고

골 따라 흐르는
작은 샘
두 손 담그면
차갑게 물든 단풍잎
손등 위로 오르고

겨울 맞는
서글픈
벌레의 울음
귀 기울이면
먼 옛날 고요도
햇살에 묻어 내리나
조신하고 따사롭다

포말(泡沫)의 의미

부딪는 흰 포말의
싱그러움이
가슴앓이로 젖어온다

세진(世塵)에 찌든 내 마음이
싱싱한
물보라에 수줍어진다

포말의 입김을 마시면
7월이 왈칵
다가온다.

포말은 항시 싱그럽다

금메달의 자리는

금메달을
힘겹고 힘겹게
금메달 목에 건
최후의 승자는
은 동메달 목에 건 선수
좌와 우로 함께한 자리

혼신을 다해
싸우다가도
너그럽고 너그럽게
안아주는 모습
더 아름다운 자리

그리움

햇살은 담장 너머로

빨간 장미 한 송이
비집어
꺼내 들다

고운 님 흘긴 눈에
멀쑥하니
흠칫
조바심으로
그리움을 보챈다.

III
용서하고 용서 받고

반지꽃

여물어 가는
5월의 태양 아래
수줍음 잊고
조금은 고개를 들려 합니다

짓궂게 쏟아지는
햇살
못 이기는 부끄러움
파아란 잎 사이로
얼굴을 가립니다.

맑은 보랏빛
아침 이슬
귓볼에 머물고

더 없이 청순함은
흠이 될까 싶습니다!

황톳길

황톳길
어설픈 포장(鋪裝) 덕에
올망졸망
다랑이처럼
아련한 그리움
옛 이야기로 질펀하다

차질기로는
새 색시
시집올 때 묻은 황토
세 돌 지나
첫 친정길에도
떨어질 줄 모른다며…….

뽀송한
황톳길
걷는 날은
예로 전해 오는 기와마을
꿈처럼 아른하다.

모래주머니

전대에
모래 담아
대님 매듯
양 발목에 매고

뛰다 걷다
또 뛰다 걷다
몇 날을 거듭 하다 보면

깃털처럼
깃털처럼
발걸음 나를 듯
가벼워진다는데

몸도 마음도
가벼워진다는데

선뜻 나서지 못한
하루 해
오늘도 저문다.

얕게 젖은 작은 길

머리 감고
분은 채 마르지 않아
풋내 나는
임의 품속 같은 길

아직도 촉촉하여
물기 묻어 내리는
넝쿨 장미

꽃잎 붉기
당신 입술

혀끝 더듬으며
돌뿌리를 내차도 보고
뛰듯 걷습니다.

파도

아주 멀리서
출렁출렁 밀려와
철썩 철썩 부딪고
모래 몰이도 하다
되돌아가고 다시 돌아와
부딪치고 산산이 부서지고
갈매기 따라
뱃고동
모래 바람 불어야지
파도야

칠흑 속 등대 넘는
밤 파도 소리
힘겹고 힘겨워

수평선 넘어 오는
힘찬 파도가 좋아

용서하고 용서 받고

올찬 낟알로 모아
살아가도 어려운 세상
흠과 티가
더 많게 빚어진 삶

그래도
잘 숙성되어

주름도 반백(半百)
터럭도 반백(半白)
훌쩍 저 멀리

이제 용서하고
용서받고
너그럽게 베풀며
나머지 살림을 하였음 싶다

밤바다

밤
바다
바람엔
비릿한 냄새

찬
이슬
다듬어
구운 갈치 향

술
잔을
포개어
정도 쌓으며

저
칠흑
밤바다
해풍 속에서

이
밤은
제주를
사랑하란다.

새 둥지

고향집
용마루에 앉은
햇살 담아
상현동 고개 마루로 옮겨
튼 새 둥지

어버이 손때 묻은
곳만 못해
창 너머로 쏟아지는
그리움
안아 보면
아련한 무지갯빛

마음은 나래 피고
나래 피고
금빛 꿈으로 달군다.

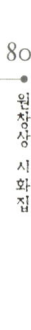

해후

20여 년 남짓한
세월 주름잡아
잡은 손엔
만감의 전류 흘러
맵살스레 뿌리치련만

그립고
반가운 실타래는
시작도
끝도 없이
풀리고
또 풀리면서
실타래 속
두 손은 아직도 잡고 있다

눈 내리면

눈 내리면
어젯밤 꿈도
하얗게 잊혔으면

말없이 쌓인 하얀 세상
터 집아 다시 쌓을 수 있게

댑싸리 비 붓 삼아
큰 획도
마음대로 그어도 보고

시원스럽고
시원스럽게
멀리 날을 수도 있을 거야

원창상 시화집

샛별이라 부를래요

아련한 날
연을 맺어

함께 살아오다
또
새 즈믄 아침을 맞아
서로 달리 입은 옷소매로

속눈썹 망울을 닦아
푸른 향 짙은
꽃잎에 떨트리며
당신을
샛별이라 부를래요.

물찬 제비처럼

있어야 할 곳에만
있는 근육질로
균형을 잡아
물찬 제비처럼
물살을 가르는 줄로만
알았는데

풍성한 몸매
자랑하며
수영장을 달구는
싱그러움은
잘 다듬은 보석

풍덩 뛰어들고픈
마음
관람석도
못 벗어나고 있다

눈 춤사위

허공을 난무하는
눈
춤사위
벙어리 냉가슴앓이
세상을 향한
한바탕 굿판

찌든 땟국
보이지 않게
소복소복
옷섶에 쌓이면
춤사위 흥은 더 깊다

목장길

늘
가고 싶던 길
한 폭의 수채화로
나와 마주친다.

한낮의 작열하는 태양 아래
터질 듯 붉은
뽀얀 네 가슴
잘팍잘팍
자랑하는 시냇가

힘겨워 보이는
너를 안아
푸른 풀밭에 뉘어
하얀 구름 덮어
포근하게 재우고 싶다

태동

별아
네 입김이
내 콧등을 맴돌며
아카시아 향내로
밀어를 꽃피우더니

기어이
터트리고 만
열 번째의 네 울음

젊은 꿈으로 같이한
넌
샛별!

속삭임

멀리서 소리내어 부르면
될 성도 싶지만

그저
손짓만 하며 한 걸음에
달려왔습니다.

해맑은 웃음
두 손 포개 가리며
더 활짝 웃고 싶어서…….

옷섶을 잡으면
하려던 속삭임은
입속으로
더 기어들어갑니다

어찌된 일인지
까만 눈만
더 깜박입니다.

우리의
속삭임

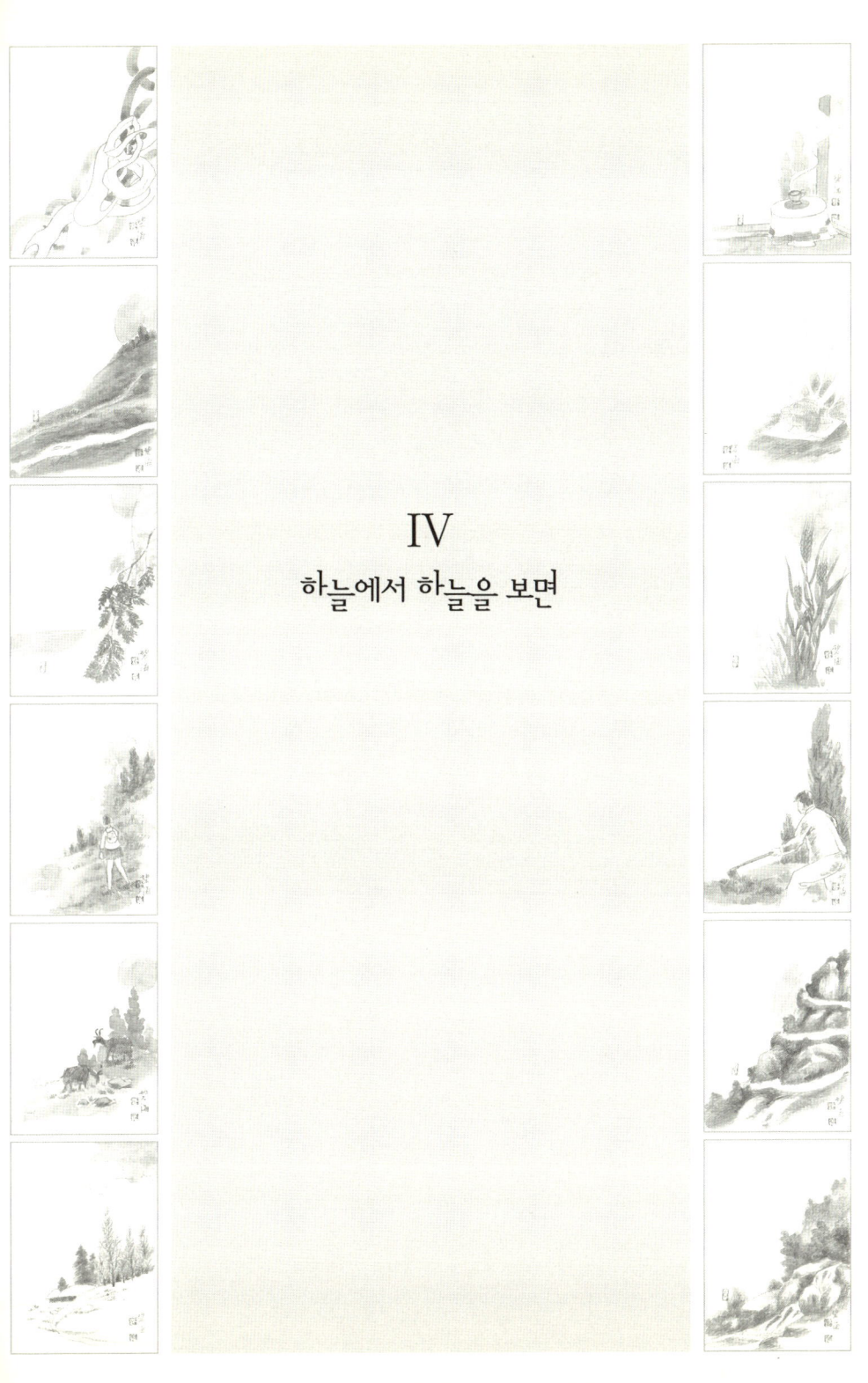

IV
하늘에서 하늘을 보면

꿈

연초록 잔디에 앉아
오고 가는 학교 길을 굽어보면
빨강 지붕 오목오목 줄지은
포근한 마을들을 한눈에 담아 지고

유난히도 하얀 칼라의 단발머리
아롱아롱 부푼 꿈
하나 하나
열매 맺을 꿈을 피우려는
발걸음은
힘이 있어 더 빠르고
가볍게 날으는 깃털처럼 하다

단장의 의미

네가
내게
주고 간 네 아픈 선물

꼭
넌
네 목숨을 스스로 조이면서까지

내게 가르침을
주어야 할 만큼
용감해야 했던가.

그래야 되는 것인지는
몰랐는데

단장의 의미를
난
네 눈물 속에서

비로소 알고는
그래서 여기 슬픔을
깊게 하고 있지

겨울밤

형광등 빛마저
유난스레
싸늘하다

탁상 위 시계도
해 저무는 나그네만하게
초조한지 총총댄다.

파르르 가냘픈
문풍지 소리 앞에

꽁 꽁 얼어 우뚝 선
마네킹

그래도
가슴엔 겨울밤
설설 끓는다.

아침 찻잔은

여느 날같이 바쁜 아침
마주한 찻잔
꽃무늬만큼은
짙지 않은
얇은 향
더 곱살스러운 것은
눈이 부시도록
쏟아 들어오는 아침 햇살

내 님도 따라왔나
더 밝은 걸 보면…….

붕어빵

갓 구워낸
붕어빵
아스라하게 잊혀 간 추억

아직도
따뜻하다며
저만 토닥거리란다.

틀 속에 살다 보면
틀 밖에는 모르는
재미도 있다며
한 입 한 입 먹여달란다

보리밭

보리밭
골이랑 세다

골 속에 묻혀
가쁜 숨
모아
쉬는 부드러운 입김

취한 발걸음
그만 주저 물러앉은 채
흙내 배인
몸을 뒤척인다.

묘비명

해도 달도 발 머무르고
어버이 계신 언덕을
지키어 주시듯
자손만대 이르도록
샛별 같은 밝은 꿈으로
이랑을 갈게 하소서

추풍령

경부선
추풍령 휴게소

바람 소리 담아
달빛에 씻은
가락국수 한 젓가락
힘으로
구르기를 하면
원점이겠지

서울도
부산도
오르고 내리기
만만치 않은 곳
절반의 점을 딛고
남은 반
바람 따라
굴러야 하지

산사 가는 계곡

왜……?
"해탈 한 번 하여 보시죠!"
산 오르기를
망설이는 등산객
총각티 갓 넘어 보이는 스님
또 멈추며 한 말
"쉽게 되는 것은 아니지요"
멀어진 빈 자리
여울 소리
굽어 돌고
귀 울림은
예불 드리는 타종소리
크고 더 맑기만 하다

꿈 이야기

지난 밤 꿈이
아직도 또렷합니다.

입가로 벌들이
떼지어 달라붙었습니다.

알 듯 모를 듯한
묘함이 스치어 왔습니다.

가만히 잠시만 참으면
떨어져 나갈 거라는…….

아닌 게 아니라
그리하였더니 잠시 후
깨끗하게 날라갔습니다.

얼마나 시원한지
깨어난 뒤도 한참을 더
시원하였습니다.

참을 줄 알면

어려움도 피해 가는 길
알려 주려 하나 봅니다

휴지통

휴지통만한 곳간
오며 가며
비우고 버리면
깨끗할 텐데

우리는
별것도 아닌 것들도
채우고 채우기만 하다

지쳐 쓰러지고
내차 버린 군더더기

그래도
채우려만 하니
언제
비우고 가려고?

친구

연분홍 보랏꽃
푸른 산
빨강 노랑 단풍
하얀 눈

해
달
별
닮은 당신의 눈

이겨도
져도
안 켜도
안아도 보았지

어제
오늘 그랬듯
내일도
예쁘게 살았으면 …….

기원

아직은
어둠이 남아 있는 파도 머리
밀려오고
또
밀려가며

겨울 바다
바람 타고 날아 온
부서진 물방울
차가움보다 정이 더 살갑다

수평 언덕
옅은 구름
수채화는 용광로 용수 담아
칠보로 곱게 채색한 하늘

태양은 육칠월 한낮
흩뿌려진 금빛 바다
마음 열어
가슴에 흠씬 담아
오래 오래 잘 가꾸어야지!

은어

물살 가누는
가는 물결 위로
햇살은 더 반짝이고
방울방울
송알송알 밀어로
넋 잃고
돌난간 걸터앉은 은어

은빛 파도는
멀리 더 멀리
미소 안고
떠나다 말고 되돌아와
수줍은 숫처녀의 볼로
엉거주춤
선 채 남은 이야기
마저 속삭이자고 한다.

보금자리

커튼이 빛을 잃었는지
불빛 속은 더 어둡기만 하다
제 색깔을 못낸 탓이겠지

두 아이들은
볼을 비비며
우유대롱 주고받으며
"엄마는 싫대" 하며
좋아라 쭉쭉 빨아댄다
욕심 어린 투정은
웃음으로 방 하나 가득
나도 따라 피어나는
행복한 웃음
주체하지 않는다.

하늘에서 하늘을 보면

하늘을 비행하면서
하늘을 볼 수 있는 길은
오직 외길
위도 아래도 아닌
수평선

닫힌 창으로
엇바꿔 오고 가는
밝고 어둠 따라
허물을 벗으러
힘겨워하는 건 아닌지…….

별빛언덕
복고개

지은이 / 원창상
펴낸이 / 김재엽
펴낸곳 / 한누리미디어
디자인 / 지선숙

·

121-840, 서울시 마포구 서교동 395-13 서원빌딩 2층
전화 / (02)379-4514, 379-4519
Fax / (02)379-4516
E-mail/hannury2003@hanmail.net

·

신고번호 / 제300-2006-61호
등록일 / 1993. 11. 4

·

초판발행일 / 2009년 12월 22일

·

ⓒ 2009 원창상 Printed in KOREA

·

값 8,000원

·

※저자와 협의하여 인지는 생략합니다.
※잘못된 책은 바꿔드립니다.
※이 책은 성남시문화예술 발전기금의 지원을 받아 제작되었습니다.

·

ISBN 978-89-7969-357-7   03810